DE LA ROCHENOIRE

L'AMANT

DE LA

VÉNUS DE MILO

Il est trop heureux pour l'amant d'une pierre
de devenir un homme à visions.

J.-J. ROUSSEAU.

PARIS

DENTU, ÉDITEUR

LIBRAIRE DE LA SOCIÉTÉ DES GENS DE LETTRES

Palais-Royal, galerie d'Orléans, 18

1860

Prix : 1 fr. 50

L'AMANT

DE LA

VÉNUS DE MILO

IMPRIMERIE RENOU ET MAULDE, RUE DE RIVOLI. 144.

J. DE LA ROCHENOIRE

L'AMANT

DE LA

VÉNUS DE MILO

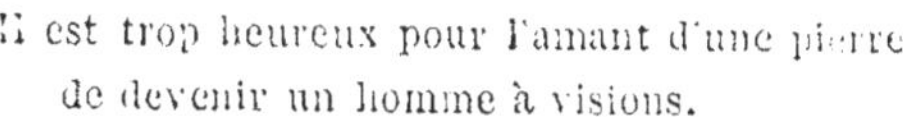

Il est trop heureux pour l'amant d'une pierre
de devenir un homme à visions.

J.-J. ROUSSEAU.

PARIS

DENTU, ÉDITEUR

LIBRAIRE DE LA SOCIÉTÉ DES GENS DE LETTRES

Palais-Royal, galerie d'Orléans, 18

1860

A Arsène Houssaye

Un de ces soirs d'automne où le disque
de feu d'un soleil couchant embrasait les
salles souterraines du vieux Louvre et fai·
sait jaillir à torrents des vitres séculaires,
comme d'une fournaise ardente, les étin-
celles éblouissantes d'une cascade de feu ;
à un de ces instants tristes et mélancoli-
ques où ses rayons fulgurants et ardents
viennent dans un dernier baiser ensevelir

la nature entière, un homme, — il était jeune encore, mais l'art l'avait vieilli avant l'âge et les rides précoces du génie avaient déjà sillonné son front et amaigri ses joues, — se perdait, à l'heure où tous désertent les salles d'étude, sous les voûtes des antiques du palais des Valois.

Son pas, quoique régulier, était nerveux et saccadé, et son regard égaré et fixe indiquait une contraction fiévreuse et dévorante de l'idée qui le dominait. Un entraînement irrésistible le poussait sur ces dalles de pierre où d'autres croyants, avant lui, avaient traîné leur folie ; et, par ces gueules béantes où les reflets du soleil enflammé entraient comme des langues de feu, on eût pu voir la mosaïque tachetée par les plaies saignantes des pieds des illuminés qui l'avaient jadis foulée.... Ce monde de marbre avait usé l'âme humaine.

L'artiste, peintre, poëte ou sculpteur qui marchait comme une âme errante s'enfonçant sous ces longues galeries où se tiennent les dieux et les déesses d'un monde évanoui, où se coudoient ces rois et ces empereurs de granit et de silex qui se sourient de pitié après s'être égorgés et détrônés, prêtait peu d'attention à tous ces souverains qui ne vivent plus que par le bloc de pierre d'où un de leurs plus infimes sujets a extrait leur célébrité, et il accélérait sa marche en évitant ces fourmilières de sarcophages, veufs de la cendre de leurs Pharaons, impuissants qu'ils sont à protéger les restes que la mort leur avait confiés.

De plus en plus exalté, il ne voyait rien...
Son œil fixe et immobile n'existait plus;
et son âme, laissant la matière en arrière,
soulevait par la pensée le voile qui lui dé-
robait encore l'oracle où ses lèvres ve-
naient se désaltérer, et où ses baisers,
comme une vive et ardente flamme, al-
laient communiquer la vie à un marbre
inanimé !

Son regard extatique, voilé par ses pau-
pières baissées, laissait cependant percer
une prunelle noire et vitreuse qui voulait
devancer ce corps chétif et grêle dans la
contemplation du chef-d'œuvre qui l'atti-
sait...

« Il n'y a dans tout cela ni âme ni vie! »
s'écriait-il en évitant les marbres qui

avaient illustré et la Grèce et Rome antique. « La voix de mon marbre retentit
déjà à mes oreilles, son souffle fait vibrer
toutes les fibres de mon cœur, et sa vue
dévorera ma raison...

« C'est toi, marbre sévère, qui m'ins-
truiras désormais et qui reculeras au delà
des limites de l'incertain mon imagination
en délire. Antique meurtri et brisé par les
siècles, tu vas m'initier à tout ce que mon
sens admiratif aura jamais conçu de plus
sublime... Je le sens profondément, tu
égales Dieu ! puisque tu es parfait... et tes
ailes s'étendent pour planer sur l'éternité ! »

Et il s'arrêtait, ce pauvre croyant,
retardant, pour doubler son ivresse,

l'instant où allait s'épancher l'excès de tendresse qui l'attirait au fond de ces longues galeries où les dieux ont leur image, les rois et les héros leurs tombeaux, les déesses leurs charmes secrets dévoilés, et où il allait, lui, adorer un divin marbre, se prosterner, s'anéantir sous son regard fascinateur : croyant vivifier par des baisers de feu ce marbre, type parfait du monde créé.

Il franchit enfin la barrière où donne ses oracles la plus noble des déesses, la plus chaste des femmes, la plus pure des mères, le plus palpitant des êtres inanimés, et, arrivé dans le sanctuaire où règne la plus belle d'entre les humains, le corps affaissé et l'âme ardente, il invoque ce rayon lumineux surgissant de cette nuit profonde qu'il éclaire de toute la magie de sa brillante auréole...

Mystérieuse au grand jour de même que sa sœur la Vénus céleste, elle brille de tout son éclat lorsque la nature s'engourdit dans les approches du soir, et que la nuit profonde la fait resplendir dans l'obscurité comme l'étoile au sombre firmament.

A ce moment, son amant reste sans voix ; son souffle s'élance jusqu'à ses lèvres et cherche à se suspendre aux sources sacrées où elles veulent se désaltérer ; ses sens se perdent, en ravissements mystiques, dans des sphères ignorées, et parcourent des cieux inconnus, en abandonnant les tempêtes humaines pour nager dans des océans de délices. Il s'avance dans ces ré-

gions de l'imprévu où il ne rencontrera
peut-être plus que le néant... Il se jette
résolûment dans le gouffre béant et s'en-
ivre, nouveau Pygmalion, de sa propre
folie.

Il veut à ce marbre splendide une âme
divine...

« Suis-je fou! s'écrie-t-il : la mort n'est
point la vie, et le marbre ne palpitera jamais, même sous mon étreinte insensée!
Animerai-je d'une chaleur douce et moite,
sentirai-je vivre ta chair?... vais-je, dans
mon délire, voir remuer les bras absents de
ce rêve de marbre... Vont-ils me serrer
d'une amoureuse convulsion... des tres-
saillements humains surgiront-ils?... et,
pauvre fou que je suis, cette exaltation

de mes esprits ne va-t-elle point m'immobiliser moi-même ! ! !

Mais pourquoi craindrais-je de me laisser entraîner à des étreintes qui donnent de nouvelles forces à mes sens subjugués?... Succomberai-je à des tourments qui me promettent d'éternelles félicités?...

La lumière céleste qui s'échappe de ton épiderme est chaude et parfumée, et la vibration que tu me communiques, à moi ton amant bien-aimé, vivifie mon âme en l'électrisant!

Oui, statue austère, tu dois exiger un amour effréné du plus fervent de tes admirateurs, et, dans mon délire, je salue tes arrêts... Je t'aime! car tu me possèdes en entier... et, m'enivrant à la contemplation de tes charmes pudibonds, mon agitation

secrète éclate en passions tumultueuses...
Ah ! que ne puis-je t'animer du feu dévorant
qui bondit dans mes veines ; que ne puis-
je te communiquer le fluide magnétique qui
s'échappe de mon être !

Insensé !... ta chair reste immobile ;
tes traits divins ne frémissent point encore à ma voix... En grâce ! laisse-moi
pieusement boire la liqueur enchantée que
tes lèvres distillent, dût-elle se changer
dans mes entrailles en des flots noirs de
désillusion...... Les humains me pardon-
neront cette libation solennelle et une
amère réalité ne se vengera point de tant
de rêves invoqués...

O Vénus ! entends-tu, au milieu des ténèbres que ta lumière phosphorescente dis-
sipe, comme le rayon de soleil écarte les

nuages qui l'obscurcissent, les chœurs divins
t'adresser des hymnes que des milliers de
chérubins reportent aux mondes inconnus... oh! laisse-moi me mêler à leurs
chants dans ce cantique de la mort qui
nous annonce ta résurrection. »

« Retentissez, oh! doux cantiques, mon
âme s'abîme en contemplation, mes larmes
vont couler.

Couchée dans la tombe, elle en est sortie
le corps aussi pur que si les belles filles
de la Grèce l'avaient massé d'huiles odo-
rantes et parfumées.

« La joie est dans mon cœur, oh! doux
cantiques, la fête est solennelle, Vénus
vient vers moi.

La poussière qui recouvrait sa chair
ne l'a point altérée, et le lin transparent
l'a préservée des baisers âcres et mordants
de la terre.

« Baume consolateur, cantiques d'amour
et d'allégresse, vous me donnez le gage
d'une alliance éternelle avec la bien-aimée
de mon cœur.

Les sels et les acides ont reculé devant
cette majesté dont ses traits sont empreints,
et sa nudité n'a point souffert de la mort du
tombeau.

« Hymnes joyeux qui calmez ma raison
endolorie, mes larmes se mêlent à vos
chants pour célébrer sa résurrection.

Tout a concouru à l'anéantir dans les bras de sa mère; mais la terre, la voyant se réfugier dans son sein, a veillé sur elle en mère.

« Craintive et fugitive comme l'Ange du mystère, accompagnez, par vos chants mélodieux, mon amante dans sa marche silencieuse.

Messie que vous attendiez tous! elle est ressuscitée d'entre les morts plus belle que le jour de son ensevelissement, deux fois victorieuse!

« Hosanna! gloire à tous. L'espérance aux ailes diaprées vient raviver mon cœur éploré, les chérubins chantent la délivrance de ma divinité.

Sa beauté a surgi une fois encore de la corruption dans laquelle elle était engloutie, plus splendide que lorsqu'elle dominait les peuples qui l'avaient enfantée.

« Chants qui me bercez peut-être d'illusions mensongères, ah! éternisez mon erreur.

Elle apparaît pleine d'existence et de majesté à ce peuple de marbre qui, régnant en son absence, se trouve maintenant déchu de son immortalité.

« Retentissez encore, oh! doux cantiques, mon âme s'abîme en contemplation, mes larmes coulent, oui!... le marbre va parler.

« Et ce marbre animé calmera par des accents consolateurs mon âme égarée...

O Vénus Claomène!

Du premier jour de ton règne tu as dé-trôné la Vénus de Médicis.

En sortant des entrailles de la terre pour inspirer les peuples futurs, tu as donné un démenti aux races évanouies.

Désormais l'art sera personnifié dans la Vénus sans bras ; à l'avenir, le beau, le grand, le parfait; l'idéal, le simple et le vrai se résumeront en toi.

Rien ne doit plus faire loi que Vénus Victrix, et Paris, centre lumineux des peuples modernes comme Athènes le fut de la Grèce antique, n'a plus rien à en-vier à la vieille Rome depuis qu'est ressuscitée d'entre les morts, l'œil ardent et la bouche animée, la plus belle des déesses, le chef-d'œuvre des chefs-d'œuvre, la huitième merveille du monde, la divine Vénus de Milo !

Profanes ! dans quelles délices votre âme enivrée de ses beautés ne sera-t-elle point plongée, de quelle joie intellectuelle votre esprit ne sera-t-il pas illuminé, quand vous goûterez les sensations mystérieuses que ce marbre éveillera en vous ! De quel charme ineffable, de quelle ardeur soudaine vos fibres artistiques ne vibreront-elles pas lorsque le voile épais qui couvre encore vos yeux se dégagera, et qu'ils se laisseront éblouir par les rayons de ce type de beauté assez vrai pour être surhumain !

Incrédules... regardez, regardez toujours, regardez encore! Regardez assez pour comprendre, saisir et voir tout ce que renferme d'art, d'idéalité et de vérité mon marbre vivant! Étudiez - le sans cesse, sculpteurs, étudiez-le toujours, et vous aurez le mot du grand œuvre.

Vous tous, érudits, qui avez sucé le lait de la Vénus de Médicis; vous qui vous êtes nourris du suc maladif et sans verdeur de la Vénus courtisane; vous tous, hommes savants et peu profonds qui avez pris la grâce étiolée pour la force, qui avez écrit pour dire et non pour convaincre, dont la science a plutôt été guidée par l'esprit que par le cœur, réveillez-vous! rétractez-vous! la Vénus de Milo le veut et vous l'ordonne!

Dans Médicis, où sont les flancs qui vous portèrent et vous engendrèrent?... Où sont les bras qui vous apprirent à marcher et vous soutinrent?... où sont les seins où vos bouches sucèrent le lait vivifiant?...

Je vivrai, car les flancs de mon marbre ont été meurtris par les douleurs de la maternité; j'enseignerai, car tes mamelles sont assez fortes et assez pleines pour me nourrir; je marcherai seul, car tes bras auront été assez puissants pour me guider; j'aimerai, car la Vénus de Milo est ma mère!

C'est au nom de l'humanité que tu viens réclamer tes droits; c'est par ta force, ta beauté et ta grâce que tu me subjugues; c'est parce que tu es vraie dans ton idéalité que tu es vraiment belle.

Vénus, aurais-je tout dit, tout pensé sur toi, que j'aurais encore tout à dire !

A quoi tient donc cette supériorité sans rivale qui surpasse, de toute la distance d'un chef-d'œuvre humain à une création divine, tout ce que la Grèce a produit de plus parfait dans cet art de la sculpture qu'aucun autre ne peut non-seulement surpasser, mais égaler ; qui m'anéantit, qui entraîne et émousse les plus délicates et en même temps les plus sensibles de mes sensations intimes ?... Quelles sont enfin les parties de cet antique, meurtri et brisé par les siècles, qui absorbent à un tel degré d'admiration jusqu'aux plus secrètes cellules de mon sens admiratif ?...

Est-ce le grain humide et onctueux de la matière qui te donne cet aspect chaud et vivifiant?... Non, puisque tous les dieux qui t'environnent sont sculptés à même ce marbre de Paros, dont le grain possède ces qualités.

Est-ce la pose, l'arrangement, la tournure, l'action, l'expression et le mouvement de cette statue qui l'embellissent de ce charme inexprimable qui me ravit jusqu'à l'extase?... Non encore, puisqu'aucun de ces détails ne sont, pris isolément, assez expressifs pour forcer à l'instant mon enthousiasme...

Dans le gladiateur combattant l'action, au suprême degré, est tout. Le Laocoon me saisit surtout, et bien avant l'action, par la douleur; les Dianes et les coureurs par leur légèreté; le Germanicus par le calme de son attitude; le Marsyas par son agonie ; enfin, la Polymnie par l'aisance et l'ondulation de sa pose, sa courbe élégante, et le jet inimitable et irréalisable de son ample et moelleuse draperie.

Vénus Claomène! tu ne te rachètes par aucune de ces beautés, et cependant tu les domines toutes par ta majesté.

Tu manques de bras, et on les devine plus beaux que ceux de Médicis, car ils sont mieux attachés... Ton mouvement est plus fier que celui d'Apollon qui comme toi bande son arc ; ta volonté, Vénus Victrix, a plus de puissance, car elle est plus calme!

L'arrangement et la tournure de ta draperie n'ont point la coquetterie ni la légèreté de celles de la Diane et des Coureurs, mais elle recouvre avec tant de chasteté, elle ceint, elle entoure avec tant d'amour, en même temps que de volupté, les reins de la plus pure des femmes ; elle s'y pose avec une grâce si pudibonde ; elle ondule avec tant de délicatesse en s'enroulant autour de tes jambes resserrées à se perdre, qu'elle surpasse de toute la distance de la chasteté à la volupté les splendeurs des statues païennes de l'antiquité.

Tu n'as, dis-je, ni l'action du gladiateur, ni l'expression du Laocoon, ni la douleur du Marsyas, pas plus que la légèreté des Dianes ; tu ne remues point mes sens grossiers comme la Vénus de Médicis par des formes lascives, et ta grâce, quoique suprêmement féminine, n'est point matérielle... Ton sexe n'a nul empire sur moi, et cependant, tu t'empares par la puissance de ton *moi divin* de mon âme et la ravis !

Oui, tout en toi commande mes passions, car ta magie... c'est ta vérité dans ton idéalisme. Tu n'as pas, comme la Vénus de Médicis, connu le vice... tu n'es point courtisane.

Tes flancs n'ont pas été comprimés, comme le pratiquaient les Athéniennes et les Lesbiennes destinées à être le jouet des courtisans d'Alcibiade, dans ces boîtes de bois ou de métal qui les dénaturaient en les étreignant, et ta beauté n'a pas été entretenue pour être prostituée, car ta grâce est encore de la force : Vénus Claomêne! type immortel du beau sur la terre, arrachée des ténèbres où tu étais enfouie depuis vingt-trois siècles, tu viens redemander ta royauté!

La volonté de Dieu s'est manifestée pour

l'avenir moral des peuples, et tu n'inspireras plus aux races futures les passions effrénées et brutales que les statues courtisanes et dépravées des Callipyge, des Médicis et autres faisaient naître, par leurs charmes efféminés, lascifs et mondains, dans les cœurs corrompus par une illusion mensongère : tu commanderas aux hommes, non par l'ascendant de ton sexe, mais par ta perfection même.

La Médicis pourra rester déesse, mais de la beauté affadie, de la grâce attiédie, l'emblême des passions honteuses... elle n'est qu'une fille de chair, qu'une Phryné célèbre, et sa main cache ce qu'elle devrait ignorer... car sa nudité même l'embarrasse.

Vénus Victrix, toi ! tu as conçu sans

connaitre le péché ; ta pudeur est celle d'une mère ; tu as enfanté sans volupté !

Qui donc t'a donné l'immortalité ?... Quel mystère a environné ta naissance ?... Quel homme, presque divin, a pu animer de son souffle ce marbre fascinateur ?...

Ah ! quand je vois les frontons et la frise se déroulant en enlaçant les murs du Parthénon ; lorsque je contemple ces filles, ces femmes simples et belles, ces draperies qui cachent, sans les amoindrir, des formes si finement accentuées et si délicatement accusées ; ces têtes qui ne respirent que noblesse et candeur ; quand j'entends hennir ces chevaux, brillants coursiers qui ne se rattachent à la terre que par une faible ressemblance matérielle avec ceux de leur race, mais qui s'en éloignent par toute la

majesté de leur port, par leur allure fou-
gueuse et emportée, même dans son im-
mobilité ; lorsque j'observe ces guerriers
qui ne vont point combattre des hommes
mais des dieux…quand j'examine l'adresse,
la sensibilité, unie à la simplicité du faire et
à la sincérité de la foi, qui a guidé la main
illustre qui immortalisait la Grèce sur les
murs du plus parfait de ses temples; lorsque
je plonge dans toute cette myriade de
mouvements cadencés et rhythmés, s'élan-
çant hors des sphères naturelles, et s'empa-
rant de cette supériorité idéale qui les fait
dominer du haut de leur aire de marbre la
marche de l'humanité… Je dis que Phidias
en interprétant, en transformant la forme
humaine en un beau complet, en a extrait
le vrai idéal, et qu'en te sortant d'un bloc

informe de Paros il a prouvé aux siècles à venir, à l'éternité, lui, Socrate et Platon, que ta beauté est la splendeur de la Vérité !

Et lorsque tu m'éblouis avec si peu de moyens matériels... quand, mutilée comme les Sphinx, tu me parles mieux dans ton mutisme que les plus grands orateurs dans leur fougue emportée, et que je sens palpiter sous ta respiration haletante les chairs de ton beau corps... lorsque de degré en degré je pénètre ton marbre humain, que je trouve aussi parfaite la charpente intérieure que la forme externe, et que le mécanisme fonctionne avec cette régularité qui fait que la plus petite de tes fibres me ferait croire en Dieu si mon âme n'en était inondée... quand, sous ce granit de Paros les muscles agissent. tes nerfs se tendent, tes veines se gonflent; que ton sang circule, que ton cœur bat et que mes passions surgissent... Le mouvement alors s'opère et la vie apparaît!

Socrate! si Phidias ne l'eût fait, tu eusses pu arracher de sa masse inerte cette essence de beauté plastique et morale qui éclaire si splendidement cette cave qui en est illuminée.

Oui! celui qui a modelé ce chef-d'œuvre était plus que statuaire... L'artiste qui a fait une réalité de formes conventionnelles, — car la Médicis est la nature vulgaire et conséquemment rationnelle, — était plus que praticien... Le poëte qui a conçu l'ensemble radieux et surhumain de ce marbre était plus que sculpteur... ou plutôt, il fut tout cela et quelque chose encore : il crut à l'immortalité de l'âme, à l'essence intime du beau, à la réalisation de l'infini... Enfin, il crut en un seul Dieu !

Et si Phidias avait la foi en élevant le temple grec... s'il était croyant au suprême degré... Socrate ne fut-il pas son maître ?

Marbre ! révélateur austère, flambeau brûlant d'un feu sourd et profond toujours prêt à attiser l'étincelle qui couve dans le cœur de l'homme inspiré, du sculpteur ou du peintre passionné pour le culte du beau et du vrai... l'homme qui t'a débarrassé de la grossière enveloppe qui meurtrissait tes membres délicats, a été aussi habile à tailler le marbre qu'à pétrir ta pensée... Celui qui a retiré cette constellation de la nuit

qui l'ensevelissait sentait en lui le *Dieu*
parler, et éprouva une crainte plus qu'humaine à personnifier la divinité qu'il pres-
sentait. Antique, resplendissant de sagesse
et d'amour, tu as été pétri par les mains
d'un croyant.

Aussi, Vénus Claoméne ! rêve incessant
et insaisissable de mon imagination en
délire, quand je te dépouille du lin qui
recouvre une partie de ton corps éblouis-
sant de fraîcheur et de jeunesse, et qu'il se
montre *à moi seul* dans sa nudité, oui,
complétement nu... oui, nu au vif... Je
m'agenouille et je prie. Je savoure sain-
tement l'harmonie de ce tout divin. Je
m'oublie jusqu'à l'insensibilité... J'invoque
de toute mon âme ton marbre qui s'anime
à ma voix, et dans mon élan impie... —mais

non, le culte du beau est toujours sacré —
dans mon enthousiasme... je t'adore !

Et ce n'est plus ta chair qui me possède,
c'est ton âme qui brûle mon cœur, qui parle
à la mienne. Vénus Victrix ne me prodigue
pas les plus secrets de ses charmes, elle
n'est pas l'impudique qui séduit mes sens...
Le corps n'est plus, c'est l'âme qui surgit.
Il ne reste de la vie que son essence, la
beauté a chassé la matérialité... Tu n'es
plus femme... tu es plus que mère... tu
es la Vierge des Chrétiens! Enfin, tu
m'appartiens, tu es mon amante sans par-
tage : c'est toi qui me donnes la foi et me
forces à dire : Je crois !!!

N'as-tu pas été formée par la main de
Dieu même dans les entrailles de cette terre

où tu sommeillais depuis tant de siècles !...

Mais pourquoi invoquer encore les chants inspirateurs et doux qui absorbèrent mes esprits... que la poussière comme un voile ténébreux, par couches épaisses, te cache aux yeux profanes... Avare de tes charmes, ne les dévoile qu'à moi seul ! Éloigne de toi, pour la jouissance la plus ardente de mon cœur, les désirs insensés d'une folâtre jeunesse... Que tes yeux restent toujours fermés à la lumière pour d'autres que pour moi ; que tes traits s'effacent devant leurs regards ; que pour moi seul ton visage apparaisse, comme une vision invoquée dans une fièvre dévorante, vivant et vermeil ; que pour tous redeviennent livides les lèvres qui m'ont souri, et que le froid de ton marbre les glace d'effroi... Que la pâleur de la mort recouvre tes joues, et que les teintes veloutées et amoureuses abandonnent les coins de cette bouche qui m'a envoyé les plus tendres baisers... Marbre animé par mes transports frénétiques, rentre dans le silence de la nuit. »

. . . .

. . . .

. , ...

. . . .

Et le soir, lorsque les pâles lueurs du soleil couchant éclairent faiblement les salles souterraines du Louvre des Valois, une ombre se glisse dans ce monde de pierre vers un marbre qui rayonne, pour lui seul, au milieu des ténèbres.

FIN.

8971   Imp. Renou et Maulde.

IMPRIMERIE RENOU ET MAULDE, RUE DE RIVOLI, 144.